CARAMBAIA

ilimitada

Naguib Mahfuz

O sussurro das estrelas

Tradução
PEDRO MARTINS CRIADO

Introdução
ROGER ALLEN

9 Introdução
  por Roger Allen

23 Perseguição
29 Tawhida
33 O Filho da Viela
39 A flecha
45 A profecia de Namla
47 O fim do mestre Saqr
51 Infortúnio
55 A vida é um jogo
59 A súplica do xeique Qaf

63	Nosso pai Igwa
65	O sussurro das estrelas
69	Segredo de fim de noite
71	Shaikhun
75	A tempestade
79	O grito
85	Seu quinhão na vida
91	Nabqa no antigo forte
97	O forno

■ ■   ■

103	Sobre o autor

Introdução
ROGER ALLEN

A descoberta de uma coleção de dezoito narrativas até então desconhecidas de um Nobel de Literatura é evidentemente um evento significativo. No caso específico de Naguib Mahfuz, o vencedor egípcio do Nobel de 1988, ainda mais significativo, tendo em vista sua posição central no desenvolvimento da ficção árabe moderna e sua participação constante e vigorosa na vida social e política egípcia, tanto por meio do jornalismo como de sua escrita ficcional.

O que certamente aumenta nosso interesse nesta coleção são as circunstâncias em que foi descoberta, em 2018, quase doze anos depois da morte do autor. Ao que parece, o jornalista egípcio Mohamed Shoair (que conheci no Cairo nos anos 1990 e com quem estive recentemente em contato) estava escrevendo um livro sobre o trabalho mais controverso de Mahfuz – o romance *Os filhos do nosso bairro*, originalmente publicado como uma série de artigos no jornal *Alahram*, do Cairo, em 1959. Como parte da pesquisa, Shoair estava em contato com a filha de Mahfuz, Umm Kulthum. Ele nos conta que o conjunto manuscrito dessas narrativas foi encontrado em uma gaveta junto a um bilhete: "Para ser publicado em 1994". Aquele ano em particular acabou sendo importante na vida e na carreira de Mahfuz. Em 13 de outubro, dia de aniversário do anúncio de seu Prêmio Nobel em Estocolmo em 1988, o escritor foi esfaqueado no pescoço em frente a seu apartamento em Dokki, um subúrbio do Cairo, numa tentativa de assassinato. Essa tentativa foi incitada por uma fátua (opinião legal) emitida por um clérigo egípcio muçulmano radical, Omar Abdel Rahman, o chamado "xeique cego" e líder do Aljamaa Alislamiya, que havia condenado Mahfuz por não ter declarado herético *Os versos satânicos*, de Salman Rushdie, e pelo trabalho controverso anterior de Mahfuz, *Os filhos do nosso bairro*. Esse evento traumático teria um efeito profundo em Mahfuz (até porque um nervo rompido em seu pescoço o impediria de usar a mão para escrever). Essa menção a 1994 inevitavelmente suscita perguntas sobre as circunstâncias da composição das dezoito narrativas. Antes de examinar as implicações que podem ser deduzidas dos próprios textos, vou primeiro discutir os precedentes dessas narrativas de forma a tentar colocá-las no contexto mais amplo da obra de Mahfuz como um todo.

A "obra completa" de Naguib Mahfuz havia sido publicada regularmente durante os mais de sessenta anos de sua carreira (quase toda ela pela Maktabat Misr, a editora do sócio e amigo de longa data de Mahfuz Abdel Hamid Jawdat Assahhar, ele mesmo romancista). Um conjunto completo desse trabalho foi publicado recentemente em tradução para o inglês pela American University na Cairo Press. Dito isso, pesquisadores diligentes têm, de tempos em tempos, descoberto referências a manuscritos de trabalhos, tanto publicados quanto inéditos, e o próprio Mahfuz admitiu que nunca esteve particularmente preocupado com o destino (e com a preservação) dos manuscritos originais de suas criações ficcionais. Uma história é suficiente: quando, depois de cinco anos de pesquisa, Mahfuz notou ter concluído as mais de 1.500 páginas do manuscrito de sua famosa Trilogia do Cairo, levou o material até o escritório de Assahhar em abril de 1952 (em outras palavras, imediatamente antes da Revolução Egípcia de julho daquele ano). O editor — não sem razão — hesitou em função de seu tamanho. Mahfuz saiu do escritório sem a única cópia do texto. Felizmente para a literatura mundial, Assahhar reteve o manuscrito e, entre 1956 e 1957, publicou o trabalho em três volumes.

O encontro do manuscrito destas dezoito narrativas, portanto, pode não ser uma descoberta sem precedentes de textos inéditos de Mahfuz, mas algo que pode, de fato, remontar até mesmo ao processo de seleção de histórias para inclusão em sua primeira coleção, *O sussurro da loucura*, 1938.

Em quais contextos históricos e gerais estas narrativas podem plausivelmente ser inseridas? Tendo lido e traduzido os textos para o inglês, concluí que o tema central em torno do qual tais questões podem ser direcionadas mais efetivamente é o da *hara*[1]. Os primeiros escritos de Mahfuz, nos anos 1930, eram ensaios filosóficos (que refletiam seus interesses acadêmicos na época) e contos, e seus três primeiros romances (publicados entre 1939 e 1942) refletiam seu interesse permanente pelo Egito antigo (estimulado por visitas semanais ao Museu Egípcio que ele fazia com a mãe – sendo o filho mais novo da família por bem mais de uma década). No entanto, os desdobramentos políticos no Egito durante os anos 1930 e 1940 o levaram numa direção completamente nova, um desenvolvimento claramente estimulado por suas leituras à época de trabalhos de ficção europeus (baseados, segundo viemos a saber, na lista de obras representativas encontrada como apêndice a *The Outline of Literature*, de John Drinkwater, 1923-1924). Foi nos anos 1940 que ele começou a escrever seus chamados "romances da *hara*"; dois títulos são bem

---

[1] Traduzida neste volume como "viela", mas também como "beco" em outras obras do autor lançadas anteriormente no Brasil. Em inglês, Allen optou por *quarter*, bairro. [TODAS AS NOTAS SÃO DESTA EDIÇÃO.]

específicos em relação à sua localização nos bairros mais antigos do Cairo – *Khan Alkhalili*[2] (1945?) e *Zuqaq Almidaqq* [O beco de Midaqq[3], 1947]. Após o Prêmio Nobel em 1988, Mahfuz participou de um filme no qual, junto com seu amigo íntimo, o romancista Gamal Alghitani, voltou à vizinhança de sua infância. O afeto duradouro por aqueles lugares, com suas histórias longas, atmosfera única e habitantes (incluindo, como ele destaca, as *futuwat*, gangues de ladrões), se reflete continuamente em seus escritos. No entanto, o desejo, nos romances até a chamada Trilogia do Cairo, de refletir em detalhes a realidade frequentemente brutal da vida naqueles bairros durante as décadas pré-revolucionárias passou por uma transformação após a revolução de 1952. Depois de uma pausa significativa na escrita ficcional de Mahfuz, a publicação de *Os filhos do nosso bairro*, em 1959, demonstra que suas descrições fictícias da *hara* surgem então sob uma luz totalmente nova.

O primeiro episódio da série de textos *Os filhos do nosso bairro* apareceu no jornal *Alahram*, do Cairo, em setembro de 1959. Tendo em vista o sucesso instantâneo dos volumes da trilogia, publicada apenas dois anos antes, não é nada surpreendente que não tenha havido nenhum anúncio ou alarde; o texto simplesmente começa com o título e o nome de

2 Nome de um bairro do Cairo.
3 Lançado no Brasil como *O beco do pilão*.

seu autor, Naguib Mahfuz. Dito isso, não demorou muito para os leitores enxergarem nas entrelinhas e descobrirem que essa *hara* particular tem uma conotação simbólica extrema, na medida em que o personagem Adham cuidadosamente reproduz incidentes da vida do Adão bíblico, culminando com sua expulsão do Éden. O bairro do título de *Os filhos do nosso bairro*, como vemos, é retratado pelo narrador do romance, baseando sua narrativa nos relatos de bardos tradicionais, como a residência de sucessivas gerações de humanos. Períodos dominados pela influência benigna de líderes religiosos (personagens representando Moisés, Jesus, Maomé e "Scientia") são intercalados com representações da violência das gangues do bairro e contra a presença contínua, fora do bairro, da casa da misteriosa figura de Jabalawi, que originalmente expulsou Adham por sua desobediência.

O significado simbólico desse folhetim semanal não passou despercebido pela Alazhar, a maior instituição de bolsa de estudo e aprendizado muçulmano sunita no Cairo, que se manifestou vigorosamente contra a continuidade da publicação. Apesar de seus protestos, o editor do *Alahram*, Muhammad Hasanayn Haykal, se recusou a interromper a publicação. No entanto, quando a série estava completa (e a versão original ainda está disponível nas páginas do arquivo do jornal), Mahfuz concordou com as autoridades da Alazhar que o texto nunca seria publicado na forma de livro no

Egito durante sua vida. No entanto, em 1967 uma versão em livro de *Os filhos do nosso bairro* foi publicada em Beirute, sem o conhecimento ou permissão de Mahfuz.

Forneço esses detalhes aqui porque a instituição da *hara*, usada dessa maneira altamente simbólica, iria se tornar um recurso frequente de Mahfuz em seus trabalhos publicados posteriormente e, devo acrescentar, está claramente presente nesta nova coleção de dezoito narrativas. Foi nos anos 1970, depois de uma década na qual Mahfuz produziu uma incrível quantidade de obras ficcionais — romances e contos — caracterizadas por um estilo cada vez mais alusivo e econômico, que ele voltou à *hara* como *locus* particular para suas ficções. Embora *Histórias do nosso bairro* (1975) por exemplo — com seus 78 contos ambientados no Cairo dos anos 1920 e sua preocupação com a vida dos habitantes do bairro num tempo de mudança profunda —, constitua um claro precedente para o contexto espacial destas narrativas recentemente descobertas, é *Ecos de uma autobiografia* (1994) que, por várias razões, pode ser vista como tendo uma relação direta com elas. Assim como *Os filhos do nosso bairro*, *Ecos de uma autobiografia* foi primeiro publicada em forma seriada no *Alahram*: 211 narrativas curtas que apareceram na edição de sexta-feira do jornal entre fevereiro e abril de 1994. A aparição dessa longa série de textos, publicada durante o que viria a ser um período muito significativo de tempo – apenas alguns meses antes de Mahfuz ser atacado violentamente –, e a adição de um bilhete aos manuscritos destas recém-descobertas novas narrativas declarando "Para ser publicado em 1994" emprestam um significado considerável à aparente justaposição temporal dos dois conjuntos de textos e às perguntas feitas acima sobre o tempo e o propósito geral deste novo conjunto.

Em resumo, *Ecos de uma autobiografia* consiste em uma grande coleção de textos extremamente curtos, numerados, que podem ser convenientemente divididos em dois: na primeira parte, um narrador rememora o passado e relembra incidentes em sua vida e pessoas que conheceu; na segunda parte (começando no texto 112), o leitor é apresentado ao personagem do xeique Abd Rabbih Atta'ih (servo de seu Senhor, o andarilho), que distribui sabedoria homilética a seus ouvintes – por exemplo: "A única coisa mais estúpida do que um crente estúpido é um infiel estúpido"; e "As pessoas mais poderosas de todas são as que perdoam".

Nos dezoito textos reunidos neste volume, estamos novamente lidando com uma série de narrativas, cada qual com seu título. A *hara* é a localização de todos os segmentos diferentemente intitulados, mas, como é o caso com outras obras que acabei de mencionar, essa localização também assume uma função mais ampla e mais simbólica como local de uma amostra da sociedade humana, com todas as suas fraquezas, conflitos, relacionamentos, triunfos e derrotas. Dois personagens-chave têm papéis variados em cada narrativa: o primeiro é o *shaykh alhara*, o xeique da viela; o segundo é o imã, um personagem religioso que supervisiona a *zawiya* local, uma combinação entre mesquita, escola corânica e fonte, e serve de conselheiro regular para o xeique da viela. Nestas narrativas, as duas figuras de autoridade se veem constantemente no centro de ações provocadas pelos habitantes do bairro, sejam os que moram lá ou, como acontece em alguns dos contos, os que voltaram depois de prolongada ausência. Além do bairro e sua mesquita localizada centralmente, há outro local que é foco de várias das narrativas, o *qabu* perto do antigo forte[4]. As pessoas que lá residem ou que vão visitar o local têm um encontro com o invisível e o desconhecido, um claro reflexo de outro dos interesses contínuos de Mahfuz por toda a sua carreira, o sufismo e sua frequente invocação dos conceitos gêmeos de *azzahir* (o evidente) e *albatin* (o interior, oculto). Nestas narrativas, quem tem tais encontros dentro do abrigo sai da experiência com suas perspectivas alteradas, muitas vezes exigindo e provocando um confronto com as figuras de autoridade do bairro. Estes contos, então, como os outros que discutimos acima, revelam a arte contínua de um autor que usa uma

---

4   Traduzido aqui como "abrigo".

comunidade e um lugar de dimensões limitadas como símbolo para apontar questões de significado mais universal.

*

Ao falar das técnicas de Mahfuz, aludi à sua clara trajetória em direção a um estilo mais alusivo e econômico, que se aprofunda em seu trabalho dos anos 1990. Mahfuz estava totalmente consciente das mudanças que estava fazendo. Em uma conversa telefônica comigo em 1971, ele direcionou minha atenção para um modo completamente novo de escrever, como chamou, que estava adotando para sua série de narrativas breves, *Almaraya*. À diferença dos "romances da *hara*" dos anos 1940, há descrições mínimas do lugar nestas dezoito narrativas; seria difícil usá-las como base para desenhar um mapa dessa "viela" específica. O leitor é levado diretamente para o centro da narrativa, sem preliminares e quase nenhuma, ou nenhuma, das convenções de um gênero como o conto. Conversas frequentemente envolvendo confrontos e desafios às normas tradicionais abundam, enquanto os habitantes se veem precisando lidar com situações desconhecidas e resolver problemas familiares e sociais que o destino e as forças do invisível puseram em seu caminho.

*

Embora eu já tenha traduzido cinco dos romances de Mahfuz e uma coleção de seus contos (até 1970), revelou-se um desafio agradável traduzir para o inglês o estilo e a estrutura do Mahfuz tardio refletido nestas dezoito narrativas. As decisões necessariamente envolvidas nesse processo de tradução me levaram de forma inexorável à conclusão de que este recém-descoberto manuscrito é um reflexo de suas últimas expressões criativas envolvendo a função simbólica da *hara*, diferentemente de fases anteriores de sua longa carreira como escritor. No fim, no entanto, somos deixados com uma pergunta não respondida (e que provavelmente não poderá vir a ser respondida): considerando que estas dezoito narrativas apresentam uma nítida unidade de localização, propósito e estilo, são elas um trabalho completo ou mera parte do que deveria ser um projeto maior iniciado, mas nunca concluído? Talvez seja apropriado dizer que recebemos um mistério. Enquanto isso, somos, sem dúvida, gratos por este presente inesperado.

* Tradução: Rogerio W. Galindo

ROGER ALLEN é um dos principais especialistas em literatura árabe no Ocidente. Seu doutorado em literatura árabe moderna (1968) foi o primeiro dessa área na Universidade de Oxford. Britânico de Bristol, emigrou para os Estados Unidos, onde foi professor da Universidade da Pensilvânia durante mais de quarenta anos. É o principal tradutor das obras de Naguib Mahfuz para o inglês e autor de vários artigos acadêmicos sobre o escritor egípcio.

Este texto foi publicado originalmente na edição inglesa deste livro (Saqi Books, 2019).

Naguib Mahfuz

O sussurro das estrelas

Perseguição

Zakiya voltou à viela com um bebê no colo depois de uma ausência de um ano. Ninguém tinha sentido sua falta ou notou seu retorno. Continuava magra e pálida, ou ficara ainda mais, e seu rosto se esvaziara de qualquer beleza; restavam-lhe apenas lembranças de sua já distante juventude. Passou os olhos pelas três casas em que trabalhara como empregada logo após a morte de sua mãe, Sukayna, a lavadeira. Até que fixou o olhar na última casa ao lado do abrigo. Era a casa do mestre[1] Uthman, vendedor de bengalas e guarda-chuvas.

A pobreza de Zakiya não permitia que ela perdesse tempo. Decidiu, então, trabalhar como vendedora ambulante de doces para crianças, como balas de goma turca e biscoitos caramelizados. Com uma mão segurava um cesto recheado de doces, enquanto com a outra abraçava seu filho,

---

1 No Egito, "mestre" é usado como forma de tratamento, equivalente a "senhor", "seu".

anunciando a mercadoria de um lugar a outro, mas sempre por perto da loja do mestre Uthman. Ela queria que ele ouvisse sua voz, ou que até mesmo a visse, de propósito. Ele não poderia ignorá-la para sempre. Quando o lugar ficou vazio, ele aproveitou a ocasião e a chamou. Trocaram olhares: o dela era forte e assertivo, o dele, evasivo.

Ele perguntou:

— Como você está, Zakiya?

Ela respondeu áspera:

— Estamos bem de qualquer jeito, graças a Deus.

— Você está precisando de alguma coisa?

— Nosso Senhor é dadivoso... mas esta criança quer o que Deus decretou que é dela por direito – respondeu com audácia.

— Muita conversa sem sentido. Diga logo do que você precisa...

Ela disse num ímpeto:

— Eu já disse o que queria, e você, melhor do que ninguém, deveria ter entendido.

Ele gritou nervoso:

— Não estou entendendo nada! Saia de perto de mim! Isso é castigo por simpatizar com quem não merece... – e desapareceu em sua loja, tremendo de raiva.

Ela retomou seu trabalho, sempre nas redondezas da loja, sem se desviar de seu plano, hora após hora. Mantinha-se ali, paciente e determinada, enquanto o homem tremia, estremecia e imaginava delírios sangrentos.

— Ai de mim! – ele dizia a si mesmo, sentindo a tensão se espalhar na alma. — Não consigo me concentrar no meu trabalho.

Sua vida o exauria tanto na rua como em casa. Era como se ele e sua família estivessem nas mãos de um ifrite[2].

Um dia, voltando para casa, sussurrou para ela:

— Se você persistir no mal, ninguém encontrará seu cadáver...

Mas ela não teve medo nem recuou, e seguia acalentando a criança no colo. Mestre Uthman não aguentava mais aquilo. Não aturava mais a cena da menina rondando sua loja carregando a criança. Assim, foi até seu amigo, o xeique da viela, e dividiu com ele sua aflição. Por fim, disse:

— O que mais temo é que ela me cause um escândalo por nada.

O xeique da viela mirou-o longamente sem demonstrar nenhuma dúvida sobre o que ouvira. Então, disse:

— Se a mulher não for caluniadora e mentirosa, o mais conveniente seria que você pusesse seu orgulho de lado e trabalhasse para satisfazer a Deus...

— Mas ela é caluniadora e mentirosa – Uthman respondeu com voz cansada.

---

2   Presentes na mitologia árabe e no Alcorão, ifrites são gênios geralmente malignos que vivem em locais subterrâneos ou ruínas.

— Ainda assim ela pode te envolver num escândalo, e as pessoas vão acreditar nela.

— Você não permitiria isso.

O homem refletiu com cuidado e disse:

— Vou convencê-la a sair da viela, e por isso ela receberá mesada, o que será considerado uma caridade. É uma solução satisfatória para todos...

Mestre Uthman disse com um suspiro:

— Vou fazer o que você me sugere...

No dia seguinte, o xeique da viela chamou Zakiya e disse:

— Tenho uma boa solução para você...

Contou-lhe o que fora acordado e disse:

— Você vai ficar numa casa decente. Eu vou fazer uma boa recomendação sua para o xeique da sua nova viela.

Um silêncio de reflexão e de emoções ambíguas se instaurou. O xeique se deu conta de que a resposta esperada não viria e então perguntou:

— Você me ouviu?

Ela esticou o pescoço e disse:

— Ouvi o que o senhor disse, nosso xeique, mas não irei.

Então, o xeique gritou nervoso:

— Você é maluca! Sem dúvida!

— Este menino é filho dele. Não vou aceitar caridade.

— E o que você pretende fazer?

— Vou manter o menino às vistas dele para lembrá-lo sempre do crime que ele cometeu...

Zakiya continuou com sua rotina, vendendo doces e carregando o filho, circulando aqui e ali, às voltas da loja. Mestre Uthman foi se afundando mais e mais num descontentamento oculto; sua raiva fervia e o dominava. Talvez pela primeira vez na vida, ele pensou em matar.

Mas outra coisa lhe ocorreu. No horário de pico do trabalho, voltou até o xeique da viela com a disposição completamente mudada. Pegou a mão dele como se pedisse ajuda e exclamou:

— Vou me casar e reconhecer o menino! Vamos morar em outra viela...

O xeique disse assertivo:

— Essa mulher não vai recuar um passo no que ela quer.

Tawhida

A casa branca fica duas casas depois do abrigo, à direita vindo da praça. Ganhou esse nome por causa dos moradores de pele branca.

Já você, Tawhida, era a joia da coroa na casa branca. Glorioso é seu Criador que a fez à sua melhor imagem. Para sua beleza, eu não conheço par; é como se seu efeito na minha imaginação fosse muito mais vívido do que as marcas que me restam na memória. Em sua maioria, nós apenas conhecíamos os moradores daquela casa à distância, exceto Tawhida, que teve a boa sorte de se juntar à nossa família pelo casamento. Eu a conheci de perto e sei de muitas de suas qualidades. Mesmo eu sendo muito novo, sentia-me inebriado por sua pele rósea, seu cabelo preto e seu doce tom de voz, que todos nós tentávamos alegremente imitar. No começo, nós a tratávamos com respeito e cautela, mas logo as portas se abriram. Sua amabilidade inundou os vãos da nossa covardia. Ela era simples, sincera, agradável, gentil e alegre. Nenhum de nós jamais esqueceu o carro que vinha todas as manhãs para levá-la aos compromissos da escola europeia. Naquele tempo, todos na viela passaram a dizer que a menina tinha se europeizado, o que era novo, interessante e provocativo – além de digno de vaidade. Agora, ela morava conosco com tudo que sabia de francês e italiano, e vestida na última moda. Ela citava ideias de Descartes, recitava poemas de Baudelaire e tocava, de memória, trechos de Beethoven ao piano. Nada disso, porém, nos assustava nem irritava, graças à sua beleza mágica, à sua constante simpatia e à sua mania de contar anedotas irônicas. Mais do que isso tudo, ela nos mostrara seu outro lado elegante: a bela jovem também amava as vozes de Munira, Abdel Hay e Sayid Darwish[3]. Além de tocar a *Sonata ao luar*, ela cantava "Ela surgiu, e como é bela sua luz"[4]. Sabia de cor uma seleção de poemas de Shawqi e Hafez[5]. Além disso tudo, ela mantinha as rezas e o jejum no Ramadã, e gostava de escutar recitações

---

3   Munira Almahdiya (1885-1965): cantora e atriz egípcia; conhecida como "a sultana". Saleh Abdel Hay (1896-1962): cantor egípcio de música tradicional. Sayid Darwish (1892-1923): cantor, compositor e instrumentista egípcio considerado um dos iniciadores da música popular egípcia.
4   Verso da canção popular "Talaat ya ma ahla nurha", mais conhecida pela interpretação de Sayid Darwish.
5   Ahmad Shawqi (1868-1932): poeta e dramaturgo egípcio; conhecido como "o príncipe dos poetas". Hafez Ibrahim (1872-1932): poeta popular e tradutor egípcio; conhecido como "o poeta do Nilo" ou "o poeta do povo".

de declamadores famosos como Ali Mahmud e Nada⁶. O mais incrível era quando ela estendia a mão a Umm⁷ Ruqaya e lhe dizia em voz simpática:

— Conte-me o que os dias escondem de nós...

Nem Beethoven, nem Descartes, nem Baudelaire puderam tirar das profundezas de seu coração o legado do longo tempo que ela passou na nossa viela. Ela ainda acreditava em incenso e adivinhos, e não duvidava da existência de ifrites no antigo forte sobre o abrigo de nossa viela.

Os dias separaram os galhos da árvore de nossa família, e todos foram para onde lhes fosse mais apropriado. Ela se mudou para Zamalek, viveu um período no exterior e depois voltou. Virou mãe e então avó. Eu não a vi por um longo tempo, mas continuei me lembrando dela com a imagem da juventude; a simpatia, a beleza e a magia, tudo reunido.

Eu estava sentado na calçada do hotel Arno, olhando o mar Mediterrâneo de trás do calçadão, quando um carro encostou bem na minha frente. Vi a senhora sentada ao lado do motorista acenar para mim. Eu não a conhecia de lugar nenhum. Seu rosto era uma expressão modelar de velhice; esquelético, muito branco, profundamente pálido e imerso em

---

6 Ali Mahmud (1878-1946): ilustre recitador corânico egípcio. Ahmad Nada (1852-1932): influente recitador corânico egípcio.
7 Literalmente, "mãe". Em árabe, é comum se referir a mulheres que têm filhos utilizando o "Umm" seguido do nome de seu filho.

rugas. Usava óculos escuros. Quando ela notou minha hesitação e surpresa, perguntou-me:

— Você não está me reconhecendo?

Assim que ouvi o tom de sua voz, o passado se alastrou como quando se estilhaça um frasco de perfume...

Avancei até ela tropeçando de timidez e saudade.

Trocamos palavras amistosas, eu imerso em pensamentos distantes.

A senhora riu e disse:

— Se você não me reconhece, não é minha culpa!

O Filho da Viela

Havia um tempo – ninguém era capaz de determinar desde quando – ele era conhecido como "Filho da Viela". Não se sabia se ele tinha pai ou mãe. O chão da viela era seu território, e o abrigo, seu dormitório. Sobrevivia prestando pequenos serviços e fazendo bicos. Era visto pra lá e pra cá com rosto sorridente e feliz, vestindo sua única *galabiya*[8], até exaurir seu corpo esguio; então, ia para o abrigo deitar-se em seu colchão empoeirado próximo à porta do antigo forte.

Um dia, ele viu um burrinho puxando uma carroça prestes a esmagar um gatinho distraído.

— Pare! – gritou sem pensar.

O grito, porém, chegou ao xeique Asfuri, que estava tomando o caminho da praça. Temendo o pior, o xeique parou balbuciando:

— Deus me proteja!

---

8   Tipo de túnica árabe, vestimenta de peça única que cobre do pescoço aos pés.

Ele era um homem que acreditava piamente em mistérios ocultos. Foi então que uma enorme pedra caiu poucos passos à sua frente, sem que ninguém compreendesse nem como nem de onde. Para todos que assistiram à cena, ficou claro que, se o xeique Asfuri não tivesse parado quando ouviu o Filho da Viela chamar, a pedra o teria esmagado totalmente. O xeique percebeu e quase perdeu a consciência com a força do impacto. Então, encarou o Filho da Viela com gratidão e humildade, e disse a ele:

— Atesto aqui que você é uma boa pessoa! Há algo de Deus em você.

As pessoas acreditaram no que ele havia dito. De quase mendigo, o Filho da Viela ascendera a santo, ou quase santo. Ia e vinha sob o cuidado de olhares amorosos. Agora, seu sustento já era melhor do que migalhas de pão e décimos de centavo. Algumas pessoas quiseram descobrir o oculto em suas mãos, mas ele não respondia nada nem alegava saber o que não sabia. E o povo o respeitava cada vez mais. Diziam que, através de sua língua, seus bons gestos manifestavam a vontade do Único e Uno. A cada dia que passava, ele ganhava mais espaço no coração de todos, até que todos passaram a conhecê-lo e ele os conheceu também.

Certa noite, ele foi para seu colchão empoeirado no abrigo e, antes que o anjo do sono descesse, fez-se um silêncio profundo, como se anunciasse um evento imprevisto. O Filho da Viela olhou ao redor, sem saber o que esperar. Então, uma voz grave, clara e impressionante veio de cima e lhe disse:

— Ó Filho da Viela, vá até o mestre Zawi e diga-lhe para devolver cada décimo de centavo indevido de seu dinheiro a quem o merece.

A princípio, ele pensou que alguém estivesse lhe pregando uma peça. Contudo, logo descartou a ideia, lembrando-se da sensação que lhe acometera e dos tons estranhos daquela voz que o penetrara tão profundamente. Teve medo. Teve medo, apesar de estar acostumado à solidão e à escuridão, de dormir perto do antigo forte, habitado desde tempos imemoriais pelos ifrites da viela. Sentou-se sozinho no escuro e indagou-se:

— Quem está falando?

Quando o eco voltou do canto do abrigo, o sono tinha fugido de seus olhos e de sua consciência. Ele ainda esperava que tudo não tivesse passado de um sonho ou uma ilusão por causa da sonolência, mas a voz voltou, e ainda mais forte:

— Ó Filho da Viela, vá até o mestre Zawi e diga-lhe para devolver cada décimo de centavo indevido de seu dinheiro a quem o merece.

Arrepiou-se. Percebeu que a voz era mais forte, mais pura e mais incrível do que a de qualquer pessoa da viela. Talvez fosse a sua vez de se comunicar com os habitantes do antigo forte, como muitos da viela já haviam feito. Por isso, não tinha como escapar daquela ordem. Apesar da posição do mestre Zawi na comunidade, e de ele o ter tratado bem por mais de uma vez, não tinha como escapar daquela ordem. Hesitou por um instante, até sentir os prenúncios iminentes da voz. Levantou-se de uma vez, tomado por um novo propósito, e caminhou com plena confiança até parar em frente ao mestre Zawi, que estava sentado entre o xeique da viela e o imã da *zawiya*[9], próximo ao café. Os três pararam de fumar. Zawi olhou para o Filho da Viela e lhe perguntou:

— O que você tem? Está com fome?

O Filho da Viela disse com uma voz assertiva:

— Trago uma ordem do antigo forte para você. Uma voz me disse para vir aqui lhe dizer que devolva cada décimo de centavo indevido do seu dinheiro a quem o merece.

Por um momento de espanto, foi como se suas línguas tivessem se amarrado. Mestre Zawi foi o primeiro deles a se recuperar. Levantou-se, deu a volta no narguilé, deu um tapa na cara do Filho da Viela, lançando-o no meio da rua, aos gritos. Então, o xeique trouxe-o de volta à sua cadeira. Todas as testemunhas do acontecimento pareciam indignadas, e todos conheciam o temperamento de Zawi. O Filho da Viela fugiu cambaleando. Pensou que

---

9   Termo difundido nos países do norte da África que significa "quina" ou "canto". Trata-se de um edifício religioso que funciona como mesquita, escola corânica e albergue e costuma ter uma fonte de água. Na origem, referia-se ao espaço para onde os sufis se retiravam para meditar. Atualmente, é usado também para celebrações.

a voz só queria atormentá-lo e que provavelmente era de um ifrite. As pessoas transmitiram a história, mas seguiram convictas de que o dono da voz era um dos ifrites crentes e benignos. Se não fosse, sua opinião sobre Zawi e seu dinheiro não seria a mesma que a deles.

Poucos dias se passaram antes que a voz voltasse ao Filho da Viela de supetão. Quando ele a ouviu, agitou-se muito, sentou-se no escuro e disse desditoso:

— Se eu lhe obedecer outra vez, é porque estou louco.

A voz voltou a ecoar no vazio do abrigo:

— Vá até o mestre Zawi etc.

Ele apelou:

— Se é tão importante para você, por que você mesmo não se encarrega dele, já que é mais forte do que eu, que sou milhares de vezes um coitado?

A voz repetiu sua ordem, austera e decidida, sem debate.

Naquele estado, incapaz de confrontar sua fraqueza, o Filho da Viela ficou de pé. Recobrou um ar de coragem e determinação como se tivesse entornado uma garrafa de vinho. As pessoas se surpreenderam quando o viram se aproximando. Zawi pôs de lado a mangueira do narguilé, mirando-o com um olhar flamejante. Todos os olhares das testemunhas no café se voltaram para o homem de uma única *galabiya*. O xeique da viela alertou enfaticamente:

— Vá embora, que não haverá problemas...

Mas o Filho da Viela bradou sua mensagem ao mestre Zawi:

— A voz diz para você devolver cada décimo de centavo indevido do seu dinheiro a quem o merece!

Zawi saltou sobre ele, dando-lhe tapas na cara e chutes no corpo até que ele caiu no chão, gemendo e se contorcendo, sangrando pelo nariz e pela boca...

Então, aconteceu algo que raramente acontece na viela. Quem estava sentado se levantou, e os espectadores se aproximaram para proteger o Filho da Viela da agressão. Entre bater e apanhar, ficaram cada vez com mais raiva e se viram envolvidos em uma batalha violenta...

A noite estava escura, como o imã da *zawiya* a descrevera. O lugar estava cheio de gente enfurecida; o sangue escorreu e Zawi caiu como o Filho da Viela caíra antes. O xeique, impressionado com a quantidade de feridos, preparou-se para restaurar a ordem e disse ao imã:

— Que noite incrível! Ainda mais incrível do que a história dos ifrites do antigo forte...

A flecha

Apesar de tudo que já vi e ouvi, não conheço outro período na vida de nossa viela equiparável ao que chamamos de "período sombrio". Foi uma época estranha, igual a ela nossa viela nunca viveu antes nem depois. Talvez a melhor descrição dela seja a feita por Umm Fahim, a passadeira, que disse ter sido tocada por sete demônios. Nunca me esquecerei do dia em que perguntei a um amigo mais velho e mais experiente do que eu:

— O que é isso que está acontecendo diante de nossos olhos?

E ele me respondeu receoso:

— Evidentemente é o tempo no qual as pessoas vivem, adoecem e morrem como o resto das criaturas.

O estranho não era ser um mal desconhecido de todos, mas que ninguém se envergonhasse de falar publicamente de seus danos. Ouvi Umm Basima, a parteira, dizer com ironia:

— Acabaremos vendo obscenos nus à luz do dia e ladrões roubando sob a vista dos policiais…

Todos os dias, éramos simplesmente levados pela correnteza, rendidos. Sempre que o remorso nos atormentava, recorríamos às memórias agradáveis do passado. O xeique da viela não media seus esforços, ou pelo menos passava essa impressão. Ele saía de sua loja e atravessava a viela, do abrigo até a praça, repetindo em qualquer circunstância:

— Nenhum delinquente escapará da lei!

O guarda não reduziu sua vigia noturna. O imã da *zawiya* começou a perseguir vultos com exortações, provérbios e histórias dos ancestrais virtuosos.

Então, veio a morte de mestre Zayn Albaraka, inflamando a chama do alarmismo e da intromissão. Era um dia de feira ou, como diziam, "o dia da pilhagem e da roubalheira", e o lugar se agitava em barganhas, ardilezas e xingamentos. Mestre Zayn Albaraka vinha desfilando montado em seu pequeno burro pedrês e seu lacaio vinha na frente gritando:

— Abram caminho, povo! Eis o mestre Zayn Albaraka!

Em frente ao café, mestre Zayn soltou um grito agourento. Tentou apear, mas não conseguiu; ziguezagueou e então desabou sobre a sela. As pessoas o acudiram, carregando-o até o sofá mais próximo, no café, marcando o percurso com gotas de sangue. O xeique da viela veio acelerado e examinou mestre Zayn. Então, em um silêncio profundo, pôs-se a chorar sobre ele. Endireitou-se com o rosto anuviado e disse:

— O segredo divino o deixou. Mestre Baraka morreu.

A grandiosidade da morte encheu os corações de resignação e reverência, ainda que muitos concordassem que mestre Zayn era detestável. O xeique da viela começou a olhar os rostos ao redor, e mais de uma voz disse:

— Ninguém chegou perto dele.

O homem disse exasperado:

— A polícia, o procurador e o legista vão enlouquecer.

O fato mais incrível que a primeira investigação descobriu foi que mestre Zayn fora assassinado com uma flecha que o acertou no coração. A maioria nem sequer entendia o que a palavra "flecha" queria dizer. Houve muita conversa antes que compreendessem seu significado. O xeique da viela disse:

— A flecha é disparada por um arco. E o arqueiro não pode estar distante. Sem dúvida, muitos de vocês o viram cometer este crime.

Mas, com muita convicção, todos juraram que não tinham visto ninguém. O xeique da viela disse aflito:

— Eu sei que Zayn Albaraka não era querido por muitas pessoas.

Uma voz disse:

— Os odiados como ele superam qualquer estimativa, mas só podemos testemunhar o que sabemos.

O xeique deu uma volta, inspecionando as casas que tinham vista para o local, mas não esbarrou em nada que provocasse suspeitas. Durante esse tempo, indagava-se:

— Quem teria tirado a flecha da aljava da história? E por quê?

A investigação seguiu por dias, sem proveito. Tudo que puderam descobrir foi que as pessoas eram obtusas e indispostas umas com as outras, além de terem pouca confiança nas autoridades e na lei. Quando aqueles ligados ao mundo manifesto foram incapazes de matar a sede das pessoas pela verdade, os conhecedores do mundo invisível se ofereceram para revelar o desconhecido. O santo de Deus, xeique Ramadan, disse:

— Não se esqueçam do antigo forte.

As pessoas nunca se esquecem de seu antigo forte, que fica sobre o abrigo. O xeique Ramadan disse:

— Antigamente, esse lugar era cheio de gente que portava arco e flecha. Não seria impossível que uma força enviasse a alma de um deles para defender nossa lamentável viela.

Aquela ideia se espalhou por todas as línguas. Logo em seguida, Umm Basima, a parteira, garantiu que, quando voltava de um parto atrás do abrigo, viu um vulto escalar o muro do forte.

O xeique da viela pensou que talvez alguns criminosos tivessem se entocado no antigo forte; pediu auxílio a alguns arqueólogos e policiais. Eles entraram no forte pelo portão e o inspecionaram inteiro, mas só encontraram pedras e aranhas.

Anunciaram aquilo em alto e bom som, e advertiram as pessoas para que não acreditassem em superstições.

As pessoas trocaram olhares.

Descrentes, elas se indagavam:

— E nós devemos acreditar na chefia e duvidar do santo de Deus, o xeique Ramadan, e da bondosa sra. Umm Basima?!

A profecia de Namla

Na abençoada noite de nascimento do profeta, Haraq saiu do abrigo tateando o chão com sua bengala, exclamando com uma voz fraca, mas confiante:

— Uma esmola a Deus, povo caridoso!

Em seu caminho até a praça, o louco Namla o parou em frente à fonte e, com uma voz de quem está treinando falar pela primeira vez, disse:

— Haraq, boas-novas...

Mas o mendigo o interrompeu:

— Liberte-me de sua língua nesta noite de alegria!

Mas o louco insistiu:

— Boas-novas, campeão. As pessoas rodear-te-ão e os governantes a ti virão.

Quem ouviu aquela profecia deu boas risadas. Até o xeique da viela disse, sussurrando:

— Chegou a vez de Haraq ascender ao trono do governante.

Ao fim daquela noite, Haraq caiu morto em um canto, cheio de pessoas que faziam uma festa.

Teria sido um acidente? Ou a multidão o teria esmagado? Deus é o maior sabedor!

As pessoas se multiplicavam ao redor do cadáver, até que chegaram as autoridades, uma após a outra: o policial, o promotor, o legista...

O xeique da viela juntou as mãos e disse:

— Você é um verdadeiro santo, Namla! Você disse a profecia e ela se realizou. O milagre aconteceu.

O fim do mestre Saqr

Naquela noite, a realidade se passava como um sonho. Mestre Saqr, de 70 anos, foi com sua noiva Halima, uma moça de 20, ao segundo andar de sua casa para passar a noite de núpcias. No andar inferior, sua primeira esposa, mãe de seus filhos, estava sentada com o filho Ragab. Os dois estavam em silêncio, trocando pensamentos, desanimados. A mãe se sentia sob uma montanha de agonia, e Ragab tinha o rosto inflamado pela raiva. O jovem olhou para o teto e disse:

— Isso é inacreditável!

A mãe idosa respondeu:

— Esses dias, tudo que acontece é inacreditável.

— Isso há de sucumbir logo!

— Rogo a Deus que ele ainda tenha um pouco de juízo.

— O que assusta é que todo o dinheiro está no cofre do quarto dele.

— Mas ele não há de esquecer que é responsável por cinco mulheres e um homem.

O menino gritou com raiva:

— Sinto muito por eu não estudar nem trabalhar!

— Você é o único filho dele. Ele não quis sobrecarregá-lo.

— Se minha situação o preocupasse de verdade, ele não deixaria meu destino sob a clemência de uma moça mesquinha.

— Não se renda à raiva. O enraivecido só perde.

— Algo deve ser feito.

— Pense com cuidado. Deve haver uma porta para a esperança.

O jovem pensou um pouco e então disse:

— A solução é que ele dê a mim, a você e às minhas irmãs o que é nosso por direito.

— É um pedido justo, mas ele vai se irritar.

— Se tivermos medo, estaremos perdidos.

— É preciso ter sabedoria, senão uma derrota serão duas...

A vida toda, pai e filho tiveram apenas momentos bons e bonitos. O pai certamente o amava mais do que qualquer coisa no mundo, até aquela jovem moça aparecer. Ele o mimara e o corrompera com aquele forte amor, fazendo-o encarar o mundo sem conhecimento nem trabalho. O cofre lhe transmitia tranquilidade, até a noiva tomá-lo para si. Depois de hoje, não havia mais segurança.

Ragab encontrou uma saída com o xeique da viela. Respeitava-o como um amigo antigo de seu pai, então foi inteirá-lo de sua inquietude e disse:

— Desculpe-me por pedir isso, mas é melhor que você vá falar com ele, não eu.

O xeique da viela lhe disse:

— Por respeito à vizinhança e à cordialidade, darei o meu melhor. Deus assegure.

Após a reza da sexta-feira, o xeique da viela chamou mestre Saqr de canto e o aconselhou sobre o que achava justo e apropriado. Ele se enfureceu e se indignou:

— Eles querem minha herança antes de eu morrer? Isso é tentação do Diabo!

Ragab esperava que o pai o chamasse e o castigasse, mas ele o ignorou, evitando-o. Aquilo o afetou ainda mais. Temores passaram a persegui-lo, estivesse ele acordado ou dormindo. Decidiu defender a si, a mãe e as irmãs. Começou a pensar no que poderia fazer, mas os eventos não o aguardaram. Quando voltou de uma celebração de aniversário noturna, mestre Saqr encontrou a casa sem ninguém e o cofre vazio. A notícia acabou chegando a todos os ouvidos, tamanha foi a explosão de sua fúria. Pouco depois, ele soube que a noiva fugira com o primo dela. Vizinhos e amigos se espalharam, com a polícia, para procurar e investigar, mas mestre Saqr caiu entre a vida e a morte. Isso trouxe os pobres vizinhos de volta para casa. Ragab sussurrou no ouvido de sua mãe:

— Ele vai nos abandonar às ruínas.

A mulher disse com profunda tristeza:

— Agora, devemos cuidar dele. Que se faça a vontade de Deus.

Mestre Saqr vivia uma inconsciência intermitente, não sentindo mais remorso por nada. Em um momento de lucidez, reconheceu a esposa e os filhos. A mulher imaginou que ele quisesse lhe dizer algo, então aproximou o ouvido. O homem sussurrou:

— Em cima do banheiro...

Mestre Saqr se foi. Passaram dias até que a calma voltasse para a casa. Durante esse tempo, a família se indagava sobre o que queria dizer sua menção ao sótão em cima do banheiro.

Ragab achou que deveria conferir a mensagem do pai. Subiu ao sótão em uma escada de madeira, segurando um lampião de gás. Foi recebido por teias de aranha, e os ratos escapuliram. Olhou ao redor ansiosamente e viu um baú repousado em uma harmonia atemporal.

Quando o abriu, revelou-se uma pilha de guinéus de ouro.

Infortúnio

Hassan Dahshan casou-se três vezes com moças da viela. Todas as vezes, a esposa morreu antes de dar à luz a criança que trazia no ventre. Depois disso, Hassan ficou conhecido como Hassan, o Azarado. A fama se espalhou mais amplamente quando a quarta moça morreu enquanto eles ainda estavam noivos. Ele foi invadido por uma desilusão tal que o incitava a fugir e se retirar do mundo como um asceta. Sua família o aconselhou a não se render à derrota; instigaram-no a superar sua má sorte. Disseram-lhe:

— O aprendizado só vem no fim.

O homem reagiu e tentou mais uma ou duas vezes, mas as portas se trancavam prontamente à sua presença. Temiam-no como se ele fosse o próprio Azrael, apesar do prestígio de sua família e da opulência de sua riqueza. Retirou-se solitário, desolado, odiando a vida, exercendo seu trabalho sem entusiasmo nem amigos.

Naquele tempo, Sunbula passou a integrar a casa como empregada particular de sua mãe idosa, cuja atividade e movimento já estavam limitados pela velhice. Sunbula era quase uma adolescente, mas era muito suja e miserável. A mãe de Hassan se compadecera de Sunbula após a morte de sua mãe, a vendedora de conservas por quem também tivera muito afeto. Como era seu costume com as empregadas, dedicou-se a deixá-la asseada; endireitava-a com a bengala, almejando torná-la uma moça aceitável. Não era possível transformar aquela menina mirrada em uma bela noiva, mas a vida floresceu e fez aparecer sua verdadeira cor. Ela aprendeu a pentear os cabelos e então passou a aprender coisas mais importantes.

Ainda que ela não fosse bonita nem atraente, Hassan, o Azarado, a seguia atento. Ele sentia um calor estranho emanando dela. Quando lhe acenava, ela respondia sem hesitar. A princípio, ele se achava voraz, mas ia embora se sentindo repugnante. Refletia sobre o que passara com ele e o sofrimento que o cercava, sempre aumentando e agravando esse sentimento.

— Sem beleza, sem dinheiro e sem moral – dizia.

A relação deles continuou, em fases espaçadas. Com o tempo, ele sentiu que ela estava mudando. Ela não tinha mais o olhar distraído e seus olhos aparentavam um algo de tristeza. Era como se agora ela entendesse o porquê de ele se aproximar e depois escapar com desgosto. Ele sentia que estava se desvelando diante dela e se entristecia. Quando lhe acenava depois disso, ela não retribuía mais e se refugiava no quarto da senhora idosa. Ele dizia irritado:

— Até um inseto tem sua autoestima...

A recusa dela inflamou sua chama.

Ele compreendeu que, com o passar dos dias, sua mãe ensinara muitas coisas a ela. Surpreendeu-se quando soube que ela passara a rezar e a jejuar.

Uma vez, ele pegou na mão dela e a puxou com força, ao que ela se desvencilhou e disse:

— Já tenho desgraça o bastante.

Ele sentiu como se essa fala tratasse tanto dela como dele. Disse:

— Tenho tanto quanto. E um precisa do outro.

A vida é um jogo

Quando visitei Ali Zaydan para congratulá-lo por sua recente promoção na empresa, ele me disse:
— Eu me arrependi. Deus perdoe o que passou.
Incerto daquilo, respondi:
— Já ouvi você dizer isso outras vezes.
Confiante e convicto, ele disse:
— Desta vez, é uma determinação certeira.
— Fico pensando: será que algum dos jogadores falhou, ou alguns dos seus amigos estão conspirando contra você?
— O que é mais forte desta vez é que isso me dominou sem motivo específico. Estou disposto a mudar minha vida decadente e dar boas-vindas a uma vida nova.
Quando se recuperou do vórtice febril, ele se deu conta de que estava à beira dos 50 anos e era como um estranho em nosso mundo, sem nenhuma poupança à qual recorrer, e cuja carreira fedia a má reputação. Passou a me visitar para conversar, redescobrir o mundo e participar das preocupações e

dos assuntos das pessoas. Uma vez, me disse muito preocupado:

— O que perdi de mais precioso na mesa de apostas não foi meu dinheiro, foi minha vida.

Tentando confortá-lo, respondi:

— A vida começa aos 60.

Ele respondeu com seriedade:

— Quero me casar.

— Há uma noiva adequada para cada idade.

— Conversei sobre isso com a minha irmã Afkar. Ela sempre foi a primeira pessoa a me impelir a casar, mas eu quero me casar do jeito certo.

— O que você quer dizer?

— Não estou procurando restos de perfumista. O que quero é uma jovem noiva virgem, com alguma beleza e alguma educação.

Respondi sinceramente:

— Casamento custa caro hoje em dia.

Ele disse desdenhoso:

— Isso se arranja com um contrato de antecipação, garantido pelo meu salário, que é respeitável.

— Ótimo. E não há uma mulher na sua vida?

Ele deu uma risada amarga e disse:

— Nunca tive tempo para o amor.

Iniciou-se uma empreitada conjunta de minha parte e de Afkar Hanem. Começávamos falando do emprego e do salário dele, o que certamente despertava o apetite do ouvinte. Mas, quando mencionávamos sua idade, faziam careta e erguiam as sobrancelhas. Caso se mencionasse o nome Ali

Zaydan, tão logo irrompia um grito de "O apostador!". Assim, notei que algumas pessoas, embora tolerassem ladrões e aliciadores, tinham pavor de apostas e apostadores.

Era impossível aquela notícia não chegar ao meu amigo. Ele ficou triste e pesaroso; pareceu-me que definhava com a idade duas vezes mais rápido que antes. Desafiador, ele me disse:

— Não deixarei o mundo antes de ser marido e pai!

Respondi gentilmente:

— Não precisamos nos desesperar.

— Tenho com o que contar. Visitei o xeique Labib e ele leu o desconhecido para mim.

Não pude conter o riso. Perguntei-lhe:

— Não sabia que você acreditava nesses homens.

Ele disse, suspirando:

— O desespero pode levar a coisas piores que essa.

O xeique Labib dissera a verdade. Dona Dalal, conhecida na viela por sua má reputação, soube do problema do meu amigo. Ela tinha uma filha de 20 anos, símbolo de uma beleza e de uma desenvoltura que incitava a fúria de nossa viela. Decidiu, então, agregar aquele homem "desgarrado" à sua família. Sem se importar com cochichos, calúnias e piscadelas, lançou a bela jovem, Soad, no caminho do velho vacilante, e o colérico desesperado logo caiu na armadilha dourada. Ele não deu ouvidos à objeção de sua família; perdeu os amigos, tornando-se uma das histórias mais interessantes da nossa viela. Rindo sem motivo, ele me disse:

— Não vou permitir que ninguém estrague minha felicidade, agora que tenho essa chance inesperada – e apertou minha mão calorosamente. — Agradeço-lhe por ficar comigo e me oferecer seu afeto. Espero que você concorde comigo: quem recebe um copo deve beber até a última gota.

Os anos se passaram e Ali Zaydan teve um filho e duas filhas. Quando se aposentou, seus filhos o distraíam dos crescentes tormentos, e a esposa, com sua beleza, distraía-o de todo o resto. Sua casa se tornou proverbial. Sempre que o aperto o importunava, ele dizia:

— Continuo perdendo na mesa de apostas.

A súplica do xeique Qaf

Umayra Alayiq foi assassinado.

Hanafi Arrayiq foi acusado de matá-lo.

Azzayni, Kibrita e Fayiq testemunharam o crime e prestaram depoimento.

Hanafi Arrayiq confessou seu crime. As pessoas se espantavam quando comparavam a corpulência da vítima e a magreza do assassino. Ele disse:

— Ele me atacou, mas eu me desvencilhei. Joguei uma pedra nele e ela o matou.

Isso tranquilizou aqueles que não acreditavam no destino. Apesar do prestígio da vítima, o caso se deu por encerrado. Restava apenas esperar pelo veredicto.

Mas a viela tem uma língua oculta. Não se sabe quem a domina. Ela sussurra suspeitas e transmite segredos. Seus murmúrios se espalham até preencherem o ar como um cheiro forte. Breve e sutilmente, começou a se dizer que Arrayiq não matara Alayiq e que Azzayni, Kibrita e Fayiq deram testemunhos falsos. Não apenas isso, mas o próprio

Arrayiq estaria testemunhando falsamente contra si mesmo, como acontecia nas anedotas da viela.

O imã da *zawiya* perguntou ao xeique da viela:

— Você ouviu o que estão dizendo sobre o crime de Alayiq?

O xeique da viela disse carrancudo:

— As lendas da viela não têm fim.

O xeique da viela escapuliu para a casa do xeique Qaf, um lugar de bênção e leitura do desconhecido. Aproximou-se dele dizendo:

— Não há homem ou mulher na nossa viela que não tenha vindo se encontrar com você neste quarto, a sós. Você sabe muitas coisas que não sabemos.

Qaf disse com sua voz feminina, adquirida em sua relação fraternal com uma ifrite:

— Glorioso por tudo seja o Onisciente...

O xeique da viela perguntou então a ele, encarando-o profundamente com um olhar firme:

— Quem matou Umayra Alayiq?

— "Ó vós que credes, não pergunteis sobre coisas que, se conhecêsseis, afligir-vos-iam."[10] Deus sabe e vocês não.

O xeique insistiu, perguntando novamente:

— Quem matou Umayra Alayiq?

Qaf disse lamentoso:

— Quem estiver rondando seus pensamentos.

---

10 Alcorão 5:101.

O xeique da viela apertou sua bengala e não falou nada. Levantou-se para ir embora, ao que Qaf disse:

— Vou lhe poupar da pergunta sobre o que pretende fazer.

O xeique da viela continuou em silêncio. Quieto, apertou a mão de Qaf, virando-se para sair do local. Com um ardor incomum, Qaf disse:

— Suplicarei longamente a Deus para que eu o veja outra vez.

Nosso pai Igwa

Seus amigos de vida inteira e seus companheiros de geração morreram, e ele restou sem ninguém. Esse é o tio Igwa, o lanceiro. Seus filhos também morreram, exceto Anwar, que já passa dos 80. Os dois vivem juntos na antiga casa ao lado do abrigo. Durante muito tempo, eles não trocaram uma palavra sequer. Apenas ficavam juntos em silêncio, como estranhos. Contudo, o filho, por causa de um problema na perna, teve de caminhar um pouco dia sim, dia não, e precisava de alguém em quem se apoiar. Então, seu pai, sereno, estende-lhe o braço e passeia com ele entre o abrigo e a fonte, enquanto as pessoas olham impressionadas.

    Mesmo assim, o tempo devorou sua carne, sua gordura, seus dentes e três quartos de sua vista e de sua audição. Mas ele ainda se mexia, comia e digeria. Fazia as pessoas sorrirem e, às vezes, dava-lhes raiva e as indignava.

    — Aquele que come o tempo dos jovens por viver muito.

O dia do leilão do terreno baldio foi um dia a ser lembrado.

Começou com uma doença acometendo Anwar, o filho, e o pondo de cama.

As pessoas reunidas para o leilão não estavam esperando quando tio Igwa, o lanceiro, chegou carregando uma maleta.

O xeique da viela, que estava ganhando o lance pela terra, encarou-o com evidente espanto.

Não se conteve e perguntou:

— Não seria mais apropriado que você ficasse ao lado do seu filho doente?

Igwa respondeu assertivo:

— Eu o deixei aos cuidados de alguém cujo zelo supera o de qualquer outro cuidador.

O xeique, movido pela raiva, perguntou-lhe:

— Por que você não deixa a terra para os outros, para que ela beneficie as pessoas e as pessoas se beneficiem dela?

Então, Igwa disse:

— Farei um acordo hoje à tarde com o empreiteiro. Em menos de um ano, ela há de beneficiar a mim e aos outros.

O sussurro das estrelas

A mangueira do carro de limpeza das ruas esguichou água em suas pernas finas e descobertas, enquanto ele corria atrás alardeando. Perto da fonte, a avó o puxou para junto dela, envolvendo-o com os braços e dizendo:

— Você sempre corre atrás do que pode te machucar.

Ele objetou gritando enquanto ela começou a dizer "Em nome de Deus" sobre sua cabeça. O xeique da viela a viu e se aproximou dizendo:

— Sra. Farga, mantenha-o longe das coisas que podem machucá-lo.

Irritada, a velha respondeu:

— As más línguas nunca serão piedosas conosco.

— Mas na sua casa ele receberia a melhor educação.

— As línguas das pessoas nunca serão piedosas conosco. Um dia, ele saberá da tragédia da mãe e do pai dele.

O homem disse com pesar:

— Nossa viela não perdoa. Por que vocês não

vão embora para um lugar novo, onde ele não tenha um passado?

A mulher fechou os olhos turvos, balbuciando:

— Onde e como vamos viver longe da viela?

O xeique da viela disse:

— Então é o destino, sra. Farga.

A idosa exclamou:

— Pelo Senhor misericordioso e misericordiador.

O xeique Bashir saiu da *zawiya* para caminhar um pouco ao ar livre. Farga o viu e foi em direção a ele sem soltar o neto indignado. Cumprimentou-o e disse:

— Xeique Bashir, veja o topo da cabeça do meu neto e me fale sobre o futuro dele.

O xeique disse:

— Nunca me esquecerei das muitas virtudes e das boas memórias do pai dele. Estou sempre ao seu serviço, sra. Farga.

Ele cheirou e esfregou o topo da cabeça do menino e então disse:

— Só vejo nuvens.

Preocupada, a velha perguntou:

— O que isso significa?

— Só vejo nuvens. Não tenho mais o que dizer.

— Ou tem e não quer me chatear.

— Jamais. Mas você sabe do risco e deve ter cuidado!

A avó, insatisfeita, saiu andando com o neto.

O xeique da viela se virou para o xeique Bashir e disse:

— Que mal haveria se você dissesse a ela uma palavra de conforto?

Bashir disse:

— Podemos dizer pouco, mas não mentimos. Eu disse isso ao finado Qadri, pai do menino, mas ele não me deu ouvidos, e deu no que deu.

O xeique da viela o encarou atento e perguntou:

— Como foi isso?

Bashir disse:

— Você se lembra de quando aquele poeta da *rababa*[11] jovem e bonito veio cantando: "Os apaixonados deixaram seus amantes...". A viela o recebeu com entusiasmo, o dono do café logo o convidou para se apresentar nas noitadas e ele despertou totalmente as almas de todos. O homem seguiu cantando e a viela seguiu deslumbrada e deleitada. Até que, em meu próprio mundo, surgiu algo que perturbou minha serenidade. Esperei e vi o mestre Qadri vindo. Bloqueei seu caminho e lhe disse que o falcão atacaria a galinha. Ele não deu atenção ao que eu disse e supôs que eu estava lhe pedindo caridade. Por sua generosidade, deu-me o de sempre.

O xeique da viela perguntou:

— Ele não te perguntou o que você queria dizer?

— Nunca. E nem pareceu preocupado com aquilo.

— Por que você não revelou a ele o que o destino escondia?

---

11 Tipo de instrumento de corda e arco tocado verticalmente. Semelhante ao violino e à rabeca.

— Nós não devemos nunca ultrapassar essa linha. Senão, perdemos a bênção!

— E o que aconteceu, então?

— O cantor de canções de amor sumiu. Junto com ele, sumiu a sra. Badriya, esposa do velho comerciante rico, deixando uma criança de 1 ano de idade. A viela se irritou com o ocorrido, e nosso solene comerciante caiu morto.

O silêncio tomou conta por um instante. Então, o xeique da viela disse:

— Talvez a mulher e o homem tenham morrido antes que o menino pudesse se vingar.

— Deus sabe tudo.

— E o que significam as nuvens das quais você falou para a avó?

— Significam que o que sabemos é confuso e cativante. Deus é o maior sabedor.

Segredo de fim de noite

Ele voltou à viela pouco antes de amanhecer. A viela parecia imersa na letargia das pálpebras fechadas. Àquela hora, não se via nada além de seu espectro cambaleante e a espessa escuridão noturna. Seguiu cauteloso até entrar num jardim que exalava uma fragrância inebriante. De onde fluía aquele fragrante perfume? Seus sentidos haviam despertado em resposta: "É a trilha de uma mulher que passou; um traço de uma fêmea que o deixou para trás enquanto cruzava de um lado para outro. Por que você mergulhou na escuridão daquela hora da noite? Sozinha, conduzida pelo coração palpitante e o destino desconhecido".

Seu peito se encheu do aroma; o fascínio o acometeu. Por um instante, seus pés ficaram pregados no chão, mas logo ele começou a percorrer a viela vagarosamente, indo e vindo como se fosse o guarda noturno. Se ele tivesse chegado uns minutos mais cedo, talvez visse uma cena rara nas últimas horas da noite. Talvez não passasse de uma situação comum, muito distante dos caprichos de sua imaginação.

Mesmo assim, ele continuou inclinado para a ideia maluca de que uma aventura se criaria no ar. Esperava descobrir um segredo em algum lugar nessa viela, tão envolta em compostura e nos conselhos dos honestos. Sempre que uma mulher passava, fosse de manhã ou de tarde, ele se lembrava, inspirava e suspirava, e então inspirava outra vez...

Shaikhun

Shaikhun voltou à viela depois de uma ausência tão longa que quase fora esquecido. Não se sabia nada a seu respeito durante sua ausência, e as notícias sobre ele haviam se interrompido. Toda a sua família tinha falecido, exceto um velho que já não estava ciente de seu entorno. Shaikhun voltou cheio de confiança, oferecendo palavras de bênção e incentivo. Então, as pessoas, surpreendidas, indagavam-se:

— Quando ele se tornou um dos santos próximos de Deus?!

Os olhares se voltavam para ele, que cativava muitos corações. A elite da viela o via com cuidado e sem interesse, mas se abstinha de confrontá-lo.

Shaikhun seguiu adivinhando o desconhecido, tratando os doentes e resolvendo os problemas dos sofredores da terra. Até que, no dia da feira, parou junto ao cocho dos animais e se pôs a bradar o mais alto que podia:

— Amanhã, antes do pôr do sol, todos se reconciliarão com as próprias agonias!

Desde o fim da tarde, a viela se agitou em pedidos de cura e os pensamentos eram um só: "Este homem é um verdadeiro protetor".

"Esperem que algo jamais visto vai acontecer."

Shaikhun voltou do café cercado por uma constelação de admiradores. Contemplou a multidão sem se preocupar com a quantidade de gente. Ergueu a mão e se fez o silêncio. O homem disse:

— Ouçam uma boa palavra antes de um bom acontecimento.

As pessoas glorificaram e louvaram a Deus antes que o silêncio da expectativa e do anseio as dominasse.

Nisso, ouviu-se um barulho.

Um grupo de homens desordeiros irrompeu, conduzidos pelo xeique da viela. Quando chegaram aonde estava Shaikhun, dois deles o agarraram com força e então o vestiram com uma *galabiya* para loucos fugitivos. O xeique da viela disse:

— Como você é cansativo!

A tempestade

Tudo aconteceu com o sol a pino no céu. O clima estava temperado e tranquilo. Sem motivo, o xeique Bahiya disse:

— Meu coração me diz que algo temeroso está por vir.

Foi nesse momento que um leve chamado nos alcançou, seguindo ininterrupto, sem tomar fôlego. Agitou-se, moveu-se e oscilou. Então, intensificou-se, tomando cada vez mais força, até se formar uma violenta tempestade de areia, rosnando por todo canto em ecos vibrantes como uivos. Mais de uma voz gritava:

— Ó Deus, perdoe e tenha piedade!

Contudo, o confronto dos ventos formara uma tormenta, carregando areias coloridas e se impondo a tudo rapidamente. Recipientes, gaiolas e pintinhos voavam dos topos dos telhados, portas e janelas batiam, gritos e choros se misturavam. Miados, latidos e zurros eram uma coisa só. A força se intensificava e se espalhava a cada minuto.

Vozes irrompiam de seus abrigos:

— É o dia do juízo!

— Não restarão casas sobre a terra!

— É assim que o Diabo revela seus segredos!

A violência cósmica continuou até que todos, aterrorizados, tivessem certeza de que o fim estava vindo, sem nenhuma dúvida. A inquietude acometera a mente e o coração do xeique da viela. Para se convencer de que estava cumprindo sua função, ele gritava com uma voz que se perdia no pandemônio:

— Fechem as lojas! Fechem as portas e as janelas! Não fiquem na rua!

Buscou abrigo no pátio da *zawiya*; ele e o imã trocaram olhares perplexos. Um dos refugiados na *zawiya* lhe perguntou:

— O que você vai fazer, xeique da nossa viela?

Ele respondeu em tom raivoso:

— Começaremos o trabalho quando a tempestade silenciar.

— Mas nós nunca vimos nada assim antes.

O xeique gritou com ele:

— Não sou responsável pelos ventos!

Então, foram imaginando inúmeras calamidades e choraram copiosamente. Enquanto a tempestade ficava maior e mais forte, um homem quis compartilhar o desconhecido e começou a conversar com quem estava ali sobre um sonho que tivera no dia anterior. Outro homem, que já atingira o desespero, exclamou que eles deveriam parar de falar de sonhos. A realidade soterrara qualquer sonho.

A tempestade continuou até o pôr do sol; alguns dizem que até o cair da noite. Foi-se como veio, sem aviso nem motivo. Deus glorioso! O cosmos se acomodara num grave silêncio, como se esse silêncio expressasse seu pesar. Ruídos de alívio ressoavam por toda parte e as luzes se acendiam nas janelas e esquinas. A viela exalou um longo e profundo suspiro, do qual todos os pulmões participaram. Nisso, o xeique Bahiya ergueu a voz trêmula:

— O que foi, foi, e será compensado.

O xeique da viela se irritou e gritou inquieto:

— Chega de petulância! Todos já têm o que têm.

Mas as vozes que respondiam pareciam revestidas de clamor. Destruição, pilhagem e roubo; o dinheiro sumira e as reputações estavam comprometidas.

O xeique da viela acompanhava aquelas vozes com grande aflição.

As vozes começaram a garantir que os ladrões tinham se arrastado de tocas, buracos e de onde ninguém sequer esperava. Eram tão numerosos que bloquearam o sol. Haviam se aproveitado da tempestade. Até mesmo se disse que eles a tinham causado, chamando-a de seu lugar no céu.

Isso causou comoção, confusão e uma pesada tristeza. A perplexidade não se distinguia mais entre o xeique Bahiya e o xeique da viela.

Um pequeno grupo de pessoas, cujas roupas permaneceram brancas, reuniu-se em frente à porta do antigo forte, trocando sussurros e apertos de mão no escuro, firmes e impacientes, ansiando pelo nascer do sol.

O grito

Certa vez, ao meio-dia, ressoou um grito profundamente obscuro, como os ecos de um corpo sendo dilacerado. A gritaria continuou, então muitos se apressaram para a casa da sra. Adliya. Tudo era confusão e clamor, e a movimentação e a desordem só aumentavam. Mas a gritaria não se prolongou; foi ficando mais calma e então acabou de vez. Tudo caiu na quietude, e o silêncio imperou. Então, a voz se ergueu anunciando o fim. Rapidamente, alastrou-se a notícia de que Kamila, a bela jovem que tivera seu casamento desfeito ao meio-dia, havia despejado gasolina em suas roupas e ateado fogo em si mesma.

Umm Alwan, a vizinha mais próxima da sra. Adliya, tia da suicida, disse:

— Deus amaldiçoe o perverso Diabo! Quem poderia acreditar no que vimos? Quem acreditaria que Kamila iria se imolar? Era bela e bondosa. Não escapava de nenhuma tarefa desde os seus 10 anos. Era uma noiva meses após o casamento. Qual mulher merecia viver mais do que você, Kamila?!

A sra. Adliya, a tia da suicida, secou as lágrimas e disse:

— Seu grito e a imagem de seu rosto desfigurado pelo fogo estão gravados em meu coração. Nosso Senhor há de lhe vingar contra o severo tirano Zayd Alfiqi, cujo coração virou pedra. O que essa inocente poderia fazer para que ele lhe estilhaçasse o coração e se divorciasse dela? Deus há de se encarregar de você, Zayd.

Tais palavras chegaram ao mestre Zayd Alfiqi, mas ele não disse nada. A verdade é que a notícia do suicídio invadira seu coração e dispersara sua mente. Ele passou por momentos de aperto e detestava a vida. Mas, então, expulsou suas tristezas indagando-se:

— O que eu poderia ter feito, depois que soube o que todos já sabiam?

Todo mundo na viela sabia que a mãe de sua esposa era dona de um prostíbulo no subúrbio, e que ela, ao contrário do que alegava sua irmã, a sra. Adliya, não havia se casado e ido embora com um marroquino, deixando sua filha Kamila aos cuidados da tia.

— Os parentes se indagaram sobre o que foi dito, e meus amigos me avisaram para que eu preservasse minha reputação e contivesse os possíveis danos ao meu negócio. Sempre que converso com alguém sobre a família envolvida no casamento, negam saber de qualquer coisa. A sra. Adliya me disse: "Somos honrados. Nós não o enganamos". Já Kamila, que foi quase fulminada, gritou: "Eu não acredito! Minha mãe é honrada! Nosso Senhor está entre nós e os mentirosos!". O que eu poderia ter feito? Estou convencido do que minha mãe garantiu: eles mentiram para mim e me enganaram, cobiçando meu dinheiro. Por honra, não tinha como eu não me enfurecer, então estourei como uma fera e me divorciei de minha esposa... E eis que ela se suicida. Com certeza, ela foi sincera e não sabia nada sobre o estilo de vida da mãe. O único que sabia dessa vida oculta era aquele digno xeique, Husayn Abu[12] Almakarim. Tudo a Deus retorna.

De fato, o xeique Abu Almakarim, o professor de língua árabe, foi quem vazou a notícia para a viela e fez com que chegasse ao marido cego, Zayd Alfiqi. Sua decisão não fora fácil, e ele só a tomou depois de um longo diálogo com seu coração e sua consciência. Acreditou que fez o certo ao tomar tal decisão, e que ele a julgou com base em seus princípios, longe de seu coração e de suas paixões. Quando a notícia do suicídio chegou a ele, foi como se o abalo o arrancasse pelas raízes. Sentiu medo como se estivesse sendo perseguido. Disse:

— Como é possível que o pior crime cometido em toda essa desgraça tenha sido ter ateado fogo àquele belo rosto?

---

12 Abu, "pai", é usado para identificar alguns homens, como Umm, para "mãe".

A agitação fez suas memórias afluírem dos lugares mais ocultos.

No primeiro dia em que a vira, ela estava acompanhando a tia em uma visita à sra. Umm Hanafi, dona da casa em cujo segundo andar ele morava. Umm Hanafi notou que ele mudara, e ela tinha dimensão de sua ingenuidade e inocência. Uma vez, ela lhe perguntou:

— Você gostou da Kamila?

O xeique riu e disse:

— Ela é um anjo generoso.

A mulher disse:

— Que sorte tem quem reúne duas pessoas em matrimônio.

Mas ele lhe pediu mais tempo para se preparar.

Depois disso, a mulher passou o nome dele à sra. Adliya, tia de Kamila. Pareceu que tudo fluiria pelo curso natural.

Nesse ponto, ele lembrou que o tinham aconselhado a investigar os detalhes das origens de Kamila. Ele adiou o casamento por um breve tempo. Durante o período de espera, mestre Zayd Alfiqi se apresentou à sra. Adliya, instigando todo o fascínio pela força e pelo luxo.

O xeique hesitante foi descartado e Kamila se casou com Zayd Alfiqi.

Abu Almakarim se entristeceu profundamente; foi como se o mundo tivesse escurecido. Ele provou de uma humilhação absolutamente incompatível com sua dignidade tradicional. Disse a Umm Hanafi:

— Eles me venderam como se eu não fosse nada.

Para consolá-lo, a mulher disse:

— Você demorou mais do que deveria. Está tudo definido e destinado.

Foi então que o chefe dos zeladores da viela contou-lhe a espantosa história da mãe de Kamila. O xeique foi tomado por surpresa e outra sensação que repeliu com veemência. Pensou no que deveria fazer e disse a si mesmo:

— Que o veredicto seja embasado na verdade e na moral sincera. O que está feito está feito, e as consequências que tiverem de vir virão.

Abu Almakarim ficou apavorado com o desfecho e quis bater em retirada. Mas para onde? Sempre que escapava de seu inferno particular, caía em outro. Finalmente, encontrou alguma tranquilidade ao imitar o grito dilacerante emitido pela garganta da bela jovem.

Umm Hanafi atestou que o xeique de fato enlouquecera um bom tempo antes de as pessoas se darem conta.

Seu quinhão na vida

Não sabemos exatamente quando o fenômeno começou. Cada testemunha tem sua versão. O tempo perdeu sua sequência. Tio Hanafi, o vendedor de água, diz:

— Fui até o moço das *fatiras*[13] para comprar uma massa folhada. Ele pegou uma bola de massa e começou a abrir com o rolo e afinar com a palma da mão. Então, parou seu trabalho de repente e se derramou em lágrimas. Fiquei pasmo. Eu. Estupefato. Perguntei o que ele tinha e como poderia ajudá-lo, mas ele continuou chorando. Estendia as mãos, juntava-as e seguia chorando. As pessoas se reuniram em frente à loja até que a família dele chegou e o levou para casa, e ele não parou de chorar.

Uma senhora, vendedora de conservas, disse consigo mesma:

— A sra. Umm Ali veio com uma tigela para

---

13 *Fatira* é um tipo de torta. O "moço das *fatiras*", aqui, é aquele que vende pães, massas e salgados típicos.

encher de conservas. Enquanto estava apontando para o pepino e a pimenta, parou de repente. Suas feições se endureceram e ela começou a chorar vigorosamente. Com o tempo, seu choro ficava mais intenso e mais copioso. Fui tomada pelo medo do topo da cabeça às solas dos pés. Temi que eu tivesse feito algo que a houvesse machucado. As pessoas foram se juntando, seu marido veio acudi-la e a levou para casa. Todos trocavam olhares inquietos e perplexos.

As histórias se multiplicaram e foram ficando mais elaboradas. As vítimas aumentaram, tanto homens como mulheres. Quando a notícia chegou ao xeique da viela, ele gritou furioso:

— Vocês não param de inventar heresias e calúnias!

Mas parou de reprimir e acusar os outros tão logo viu um guarda irromper em lágrimas. Ele disse ao imã da *zawiya*:

— Isso é um desastre novo em nossa viela, que não se esgota de criar desastres.

O imã disse:

— As pessoas remedeiam a condição com banhos quentes e bebidas frias.

Umm Haniya, a atendente do banho turco, estava por perto e entrou na conversa dizendo:

— O único tratamento para esta condição é o esconjuro.

Então, o imã lhe perguntou:

— E o que os ifrites têm a ver com esse choro?

Ela respondeu assertiva:

— Ninguém chora sem motivo, exceto se tocado por um ifrite. Ele só deixará o corpo com um esconjuro.

Com ênfase, o xeique da viela disse:

— Eu não posso aceitar a consideração de que a viela inteira esteja possuída, mas vou sugerir essa possibilidade ao inspetor de saúde.

O homem foi até Sua Excelência, o inspetor, e contou a ele sobre o assunto. O inspetor disse:

— Vocês não estão discernindo a verdade da ilusão.

O xeique jurou que vira as lágrimas com os próprios olhos e que quase nenhuma casa estava livre delas. Na manhã do dia seguinte, o inspetor visitou a viela acompanhado por um guarda e uma enfermeira. As pessoas correram até ele gritando:

— Ajude-nos, senhor inspetor!

Ele os olhou irritado, mas, quando viu todos e todas chorando, sua irritação virou espanto. O inspetor perguntou ao xeique da viela:

— Não há nenhuma novidade na vida de vocês que possa ser a causa disso?

— Absolutamente. Não há nada novo. Nossa vida é a mesma, com seus deleites e tristezas.

O inspetor passou de casa em casa. Rodou pela viela do começo ao fim, sem pular nenhuma loja ou café; passou pela fonte, pela escola corânica e pelos cochos dos animais. Investigou os burrinhos e as mulas; observou longamente os muros do antigo forte e do abrigo. Exausto e com o olhar perdido, sentou-se na loja do xeique da viela. A voz de Umm Haniya se ergueu do meio da multidão em frente à loja:

— O esconjuro! O único remédio é o esconjuro, senhor inspetor!

O xeique da viela gritou nervoso:

— Cala a boca, filha de Deus!

Muitos esperavam que o inspetor falasse alguma coisa, mas ele não proferiu uma palavra. Parecia que ele se sentia mais e mais cansado. O xeique da viela disse a si mesmo:

— Meu Senhor... Agora é o inspetor que está prestes a desfalecer.

Mestre Hasan, o instrumentista dono da casa de música e canto, também percebeu aquilo. Ele sugeriu ao xeique da viela que o levasse para sua casa para descansar perto da fonte, onde ele lhe prepararia uma bebida gelada e ofereceria flores frescas. Para liberar todos do tormento, o xeique da viela se rendeu à sugestão.

O inspetor foi à casa do instrumentista. As pessoas voltaram a falar de suas tragédias. Um homem disse:

— Aposto que o inspetor vai começar a chorar.

Irritado, o xeique da viela disse:

— Ele é um ser humano. Todo mundo está sujeito ao contágio.

Mas o que emanava da casa do instrumentista era um som dançante, batuques e palmas. Alguém da casa da frente olhou a casa do instrumentista e o descobriu. Gritou:

— Ele está dançando! E dança como ninguém!

Ouviu-se sua voz cantando:

— *Seu quinhão na vida provavelmente vai chegar.*

Ele parecia continuar dançando e cantando.

Pessoas de todos os cantos se amontoavam e rodeavam a casa do instrumentista.

Subitamente, todos que estavam chorando pararam.

Todos caíram na gargalhada...

Nabqa no antigo forte

Nabqa é o último filho de Adam, o vendedor de água, que o teve depois que os outros nove morreram na grande epidemia. Ele prometera pô-lo a serviço da *zawiya* caso Deus o preservasse. Cumpriu sua promessa ao entregá-lo ao imã aos 7 anos de idade. Ele disse aos amigos:

— O serviço na casa de Deus é o mais honrado. Entre rezas, súplicas e estudos, o coração dele vai se embeber em luz e bênção.

Nabqa passava a maior parte do tempo na *zawiya*, e a menor parte em casa ou com os amigos na viela. O imã estava satisfeito com ele e elogiava sua atividade e sua confiabilidade. Quando estava para completar 10 anos, ficou órfão de pai e mãe. Sabia-se que ele gostava do antigo forte que ficava junto ao abrigo. Perguntava a qualquer um que passava:

— Quando se abre a porta do forte que há dentro do abrigo?

Sempre ouvia quase a mesma resposta:

— Ela abre uma vez por ano, na visita dos arqueólogos. Mas lá virou um antro de ifrites.

Quando Nabqa fez 10 anos, o imã permitiu que ele visitasse o túmulo dos pais; mas antes lhe disse:

— Não é época de visitas.

Mas o jovem insistiu, dando como desculpa que tivera um sonho. Então, ele foi e não retornou no tempo esperado. Sua ausência se estendeu por três dias. O imã ficou preocupado; achou que o jovem decidira viver de um jeito novo, ou até que sofrera um acidente. Ele inteirou o xeique da viela de seus temores, e o xeique mandou um guarda procurá-lo. A algumas horas do fim do terceiro dia, porém, viu o jovem vindo do abrigo. Seu rosto estava revestido de uma tranquilidade incompatível com sua transgressão. O imã lhe perguntou em tom de reprimenda:

— Onde você estava?

Ao que ele respondeu tranquilamente:

— Estava sob a hospitalidade dos mortos. Eles me encheram de conhecimento e poder.

O imã o examinou com um olhar pasmo e disse:

— Você enlouqueceu, Nabqa? Ou um ifrite te possuiu?

Nabqa respondeu:

— Adeus a você. Eu me vou.

— Para onde?

— Não é certo que eu seja seu servente nem que você seja meu senhor.

O imã gritou:

— Deus o amaldiçoe!

Daquele momento em diante, a viela sabia da outra face de Nabqa, filho de Adam, o vendedor de água.

As pessoas foram surpreendidas por uma audácia que não imaginavam que um jovem daquela idade, ou sequer um homem louco, pudesse ter. Ele confrontava muitos notáveis da viela. Normalmente, começava com frases como:

— Você deveria se envergonhar!
— Como você cedeu à tentação de fazer isso!
— Você continua fingindo compostura?

Após essa introdução, mencionava um escândalo moral ou financeiro. O que conseguia eram vociferações raivosas. As pessoas se indagavam: "De onde aquele jovem tira tais segredos?". As reações negativas tomavam todas as formas possíveis: houve tumultos e discordâncias, e a preocupação se espalhou o quanto podia. Com razão, foi dito que a viela fora tomada por um ifrite. O assunto dominou o imã da *zawiya*, que se considerava responsável pelo que estava acontecendo. A indisposição que havia se alastrado pelo lugar atingira também o imã. Por isso, ele foi até Nabqa e gritou:

— Volte para sua *zawiya*!

Nabqa lhe disse com ainda mais força:

— Volte você para sua *zawiya*! Eu não tenho mais *zawiya*.

O imã o acusou de heresia. Saltou sobre ele, decidido a pegá-lo à força, mas o jovem o repeliu com a nova força que recebera do desconhecido. O homem recuou perdendo o equilíbrio e estremecendo de pavor.

O xeique da viela veio apressado e o imã lhe disse:

— Vá para a viela antes que ela perca a reputação para sempre.

O jovem berrou:

— Eu não disse sequer uma letra mentirosa!

O xeique da viela gritou:

— A lei deve ser respeitada!

Ficando ainda mais insano, o jovem lhe respondeu:

— Você não respeita nem a si mesmo! Como pode nos pedir respeito pela lei?!

Tomado por intensa ira, o xeique da viela atacou o jovem com sua bengala. Primeiro, bateu com leveza, mas ele não se importou nem se mexeu. Começou a aumentar a força dos golpes, mas o jovem os aceitava tranquilamente; as pessoas assistiam pasmas. Parecia que a força e a resiliência do jovem só aumentavam, e que a situação que se dava às vistas de todos excedera a estranheza.

Depois disso, as histórias que ouvi sobre Nabqa são cheias de inconsistências ou extravagâncias sobre sua estranheza. Havia uma conversa duvidosa e contraditória sobre uma briga deflagrada entre as pessoas, que envolveu todos os cantos da viela e não cessou até a noite cair e fluírem as ondas da escuridão. Diz-se que Nabqa foi capturado, diz-se que ele foi pisoteado. Os moradores dos cemitérios[14] garantiram que ele estava vivo e que o haviam visto circulando em frente ao abrigo. A cada passo, ele crescia, aumentava, agigantava-se, e se estendia por todos os lados, até que não se podia mais ver sua cabeça, que avançava para o espaço.

O povo continua achando até hoje que ele habita o antigo forte.

---

14 No Cairo, é comum moradores sem teto instalarem-se em cemitérios e necrópoles.

O forno

Enfim, acontecera. Ayusha havia fugido com Zaynhum, o menino do forneiro. A notícia arrebentou em lascas que se espalharam por todos os lados da viela. Em cada canto, um bom coração suspirava e dizia:

— Acuda, Senhor, acuda! Que tragédia, tio Juma, um homem tão bom!

No caso, tio Juma é pai de Ayusha, chefe de família, pai de cinco vigorosos rapazes e uma moça, que agora o lançava de cima de seu trono de compostura e honra.

Só se pensou na moça depois do escândalo. Dizia-se que ela era bonita e simpática. Umm Radi, a vendedora de geleia de especiarias, disse:

— Ela é bonita, não há como negar. Mas é ousada. O brilho de seu olhar alcança as profundezas de quem quer que converse com ela, até que esqueça o que estava falando.

Quanto ao tio Juma e seus filhos, só conseguiam olhar para o chão, com o espírito devastado. Impulsionados pela raiva, começaram a se espalhar pela viela atentos, procurando, mas não adiantou. Até que o xeique da viela disse a tio Juma:

— O erro arrasta o ser humano para o crime; ele se perde nos dois casos...

Tio Juma se controlou, temendo por seus filhos, e disse a eles:

— Considerem que a irmã de vocês está morta. Deus há de ter misericórdia dela. Deixem a criação ao Criador.

Todos imaginavam a história como achavam melhor, mas, no geral, ela era bem plausível. A moça havia se apaixonado pelo rapaz quando ele vinha com a massa e voltava com o pão. Não era possível que o menino do forneiro pedisse a filha de um opulento comerciante de tecidos em casamento, então os dois apaixonados tiveram a ideia de fugir; Ayusha reunira suas joias, bem como as que encontrara da mãe, e os dois fugiram juntos. O único desfecho que se imaginava para aquela história era que eles se casariam em algum lugar desconhecido.

Assim acabou a história de Ayusha e Zaynhum. Quanto à ferida da família do tio Juma, só cicatrizou depois de um longo tempo. Voltaram à rotina de sempre, até que o curso de suas vidas os levou a enfrentar a conhecida crise. O opulento comerciante faliu e pôs sua casa à venda.

No ápice de sua infelicidade, veio-lhe um mensageiro desconhecido trazendo o dinheiro de que precisava e disse:

— Este dinheiro foi enviado por sua filha Ayusha. A vontade divina quis que quem o trouxesse fosse o marido dela, Zaynhum.

O homem informou ao sogro que sua esposa vendera as joias que havia levado e lhe comprara um forno. Depois de passarem dificuldade, tinham alcançado o conforto.

O xeique da viela disse ao imã da *zawiya*:

— Você viu? A moça voltou no momento certo. Você não tem nenhuma necessidade de perdoar o erro dela.

Sobre o autor

Naguib Mahfuz Abdel Aziz Ibrahim Ahmad Al-basha nasceu no dia 11 de dezembro de 1911, em uma casa de classe média baixa no bairro de Gamaliya, no Cairo, Egito. Foi criado praticamente como filho único, pois nasceu dez anos após o até então mais novo de seus quatro irmãos e duas irmãs. Quando tinha apenas 7 anos, a Revolução de 1919 deflagrou no país, liderada por Saad Zaghlul e o partido Wafd contra a ocupação britânica. Tal evento impactou a infância de Mahfuz mais do que qualquer outro.

Ainda era jovem quando sua família se mudou para o bairro popular de Abbasiya, mas a infância em Gamaliya deixaria uma marca eterna em sua memória e seu modo de ver o mundo. Mais do que isso, o Cairo foi o principal cenário da sua visão humana e artística durante toda a vida, e suas raízes — faraônicas e islâmicas, segundo ele próprio — embasaram os termos de seu contato com o mundo.

Em 1930, Naguib Mahfuz ingressou na então Universidade Egípcia — atualmente, Universidade do Cairo —, onde se graduou no curso de filosofia em 1934. Cogitou seguir a carreira universitária com uma pesquisa de mestrado em filosofia islâmica, mas acabou abrindo mão da academia para se dedicar à literatura.

Entrou para o funcionalismo público em 1938 e trabalhou até se aposentar, em 1971. Ao longo de sua carreira, exerceu cargos como os de secretário parlamentar no Ministério de Assuntos Religiosos (Awqaf), diretor de Censura de Obras Artísticas, diretor da Fundação de Apoio ao Cinema e chefe do Departamento de Administração-Geral do Cinema.

*

A obra de Naguib Mahfuz é extensa e diversificada. Em vida, ele publicou dezenas de romances e centenas de contos, além de escrever perto de vinte roteiros originais para o cinema, incluindo uma colaboração para o filme histórico *Jamila, a argelina* (1958), dirigido pelo icônico Yussef Chahine. Muitas de suas narrativas foram adaptadas para o cinema e a televisão.

Sua obra literária é comumente entendida em três períodos. O primeiro, do fim da década de 1930 até a primeira metade da de 1940, consiste em uma série de três romances históricos ambientados no

Egito antigo: *O jogo do destino* (1939), *Rhadopis, a cortesã* (1943) e *A batalha de Tebas* (1944).

Na segunda fase, que começou na segunda metade dos anos 1940 e inclui a maior parte dos anos 1950, Mahfuz trocou as narrativas históricas pelo realismo social contemporâneo, enfocando as condições político-sociais e as relações entre os estratos da classe média egípcia, da Revolução de 1919 ao fim da Segunda Guerra Mundial. A essa fase pertencem, por exemplo, *O beco do Pilão* (1947) e *Começo e fim* (1949, inédito no Brasil). Tal fase culmina na escrita de *Entre dois palácios*, *O palácio dos desejos* e *O jardim do passado* – conhecidos em árabe como a Trilogia, e internacionalmente como Trilogia do Cairo, a qual viria a se tornar seu *magnum opus*. Mas a Trilogia seria publicada entre 1956 e 1957, durante um hiato do autor provocado pela Revolução Egípcia de 23 de julho de 1952, liderada pelo major-general Muhammad Naguib e os coronéis Gamal Abdel Nasser e Anwar Sadat, cujo intento era derrubar o governo monárquico do rei Faruq I. Com a revolução, Mahfuz sentiu que o Egito sobre o qual ele sempre escrevera, bem como as transformações que ele vislumbrava, havia mudado de um dia para outro. Assim, sendo um autor adepto da literatura como instrumento social, teve a sensação de que sua escrita não era mais necessária.

À exceção da Trilogia, o terceiro período da obra de Naguib Mahfuz contém seus títulos mais marcantes, além de ser o mais longo. Após sete anos de reclusão literária, sua primeira publicação foi o controverso *Os filhos do nosso bairro* – publicado pela primeira vez como folhetim no jornal *Alahram* em 1959. Com uma narrativa de forte caráter simbólico, essa obra, na época, foi banida no Egito por causa das alegorias empregadas por Mahfuz para aludir a figuras sagradas do Islã, como Moisés, Jesus e Maomé. Além do caráter "herético", o livro apresentou também uma crítica à Revolução de 1952 e ao governo Nasser, os quais Mahfuz viu como tentativas fracassadas de promover as mudanças sociais que considerava necessárias. Assim, outras marcas ganharam mais espaço em sua escrita: o simbolismo, a metafísica, o existencialismo, o absurdo, a solidão dos indivíduos, a alienação promovida pela tradição e a religião, as falsas promessas da modernidade, entre várias outras. Nesse período, suas personagens ganharam dimensões psicológicas e passaram a ter maior destaque que seu entorno – talvez a principal mudança em relação à onisciência de seus primeiros livros. Alguns dos títulos escritos nesse período são *O ladrão e os cães* (1961), *À deriva no Nilo* (1966), *Miramar* (1967), *Espelhos* (1972), *Noites das Mil e Uma Noites* (1982), *Ecos de uma autobiografia* (1994) e *Sonhos da convalescença* (2004).[1]

---

[1] Dos romances desse período, apenas *O ladrão e os cães* e *Miramar* saíram no Brasil.

O grande marco de sua vida literária seria também um dos maiores reconhecimentos da própria literatura árabe. Em 1988, depois de cinquenta anos de carreira como escritor e quase cinquenta livros publicados, Naguib Mahfuz foi laureado com o Prêmio Nobel de Literatura, tornando-se o primeiro — e, até agora, único — escritor de língua árabe a ser contemplado com tal honraria. Em seu discurso escrito para a cerimônia — à qual não pôde comparecer por motivos de saúde —, Mahfuz se afirma como um autor do Terceiro Mundo e clama para que as grandes potências não observem passivamente a luta cotidiana dos desfavorecidos pela sobrevivência.

Tal e qual seu reconhecimento literário internacional, a repercussão egípcia de sua escrita e postura suscitou um outro episódio marcante de sua vida — dessa vez, de maneira violenta. No mesmo ano em que Mahfuz recebeu o Nobel de Literatura, foi lançado o famoso e polêmico livro *Os versos satânicos* (1988), do autor britânico-indiano Salman Rushdie. Suas representações do profeta Maomé instigaram uma forte animosidade para com Rushdie, resultando na proibição de seu livro em todos os países muçulmanos e na emissão de uma fátua do então líder iraniano Aiatolá Khomeini, ordenando a execução do escritor. Apesar de inicialmente ter se declarado favorável ao boicote do livro, Naguib Mahfuz criticou a fátua, defendendo a liberdade de expressão, e afirmou a importância do debate, em oposição à atitude de constrangê-lo. Tal postura reavivou a antiga polêmica acerca de seu próprio livro *Os filhos do nosso bairro*. Assim como Rushdie, Mahfuz passou a receber ameaças de morte, e líderes islamitas começaram a incitar publicamente seu assassinato, acusando-o de blasfêmia. Até que, no dia 14 de outubro de 1994, dois extremistas esperaram pelo escritor de 82 anos na porta de sua casa e o esfaquearam no pescoço. Mahfuz sobreviveu ao atentado, mas teve sequelas permanentes nos nervos dos membros superiores, perdendo então a habilidade de sua mão de escrita.

Ao final da vida, o autor ficou cego, mas nunca parou de criar. Seus últimos livros ganharam um teor onírico e difuso, e foram ditados à filha. Naguib Mahfuz faleceu devido a insuficiência renal no dia 30 de agosto de 2006, aos 94 anos de idade.

PEDRO MARTINS CRIADO é mestre em estudos árabes pela Faculdade de Filosofia, Letras e Ciências Humanas da Universidade de São Paulo (USP), tradutor e professor. Para a CARAMBAIA, traduziu *Viagem ao Volga*, de Ahmad Ibn Fadlān.

EDIÇÃO DE TEXTO Ana Lima Cecilio
REVISÃO Ricardo Jensen de Oliveira e Huendel Viana
CAPA E ILUSTRAÇÕES Laura Lotufo
PROJETO GRÁFICO DE MIOLO Bloco Gráfico

Editorial
DIRETOR EDITORIAL Fabiano Curi
EDITORA-CHEFE Graziella Beting
ASSISTENTE EDITORIAL Kaio Cassio
ASSISTENTE DE COORDENAÇÃO EDITORIAL Karina Macedo
EDITORA DE ARTE Laura Lotufo
PRODUTORA GRÁFICA Lilia Góes

Comunicação e imprensa
Clara Dias

Administrativo
Lilian Périgo
Marcela Silveira

Expedição
Nelson Figueiredo

EDITORA CARAMBAIA
Av. São Luís, 86, cj. 182
01046-000 São Paulo SP
contato@carambaia.com.br
www.carambaia.com.br

Copyright desta edição © Editora Carambaia, 2021
Título original *Hams Annujum* [Beirute, 2018]

Copyright © Naguib Mahfouz, 1993-1994.
© Dar al Saqi, Beirute, Líbano, 2018.
Publicado mediante acordo com a RAYA Agência de Literatura
Árabe, em colaboração com a Antonia Kerrigan Literary Agency.

Copyright da Introdução © Roger Allen, 2019.
Primeira publicação no Reino Unido pela Saqi Books, 2019.

Crédito das imagens Library of Congress, Prints & Photographs Division:
LC-USZ62-104848 (pp. 4-5), LC-DIG-matpc-01466 (p. 8), LC-DIG-ppmsca-04465 (p. 22), LC-DIG-matpc-03160 (p. 28), LC-DIG-matpc-01618 (p. 44), LC-DIG-ppmsca-04069 (p. 54), LC-DIG-stereo-1s21242 (p. 62), LC-DIG-stereo-1s21112 (p. 73-74), LC-DIG-matpc-01463 (p. 84), LC-USZ62-87590 (p. 90), LC-DIG-matpc-00093 (p. 96) e LC-DIG-matpc-16385 (pp. 100-101).
Barry Iverson Photography / Newscom / Fotoarena (p. 102).

CIP-BRASIL. CATALOGAÇÃO NA PUBLICAÇÃO
SINDICATO NACIONAL DOS EDITORES DE LIVROS, RJ

M181s
Mahfuz, Naguib, 1911-2006
O sussurro das estrelas / Naguib Mahfuz;
tradução Pedro Martins Criado; introdução Roger Allen.
1. ed., São Paulo: Carambaia, 2021.
112 p.; 19 cm

Tradução de: *Hams Annujum*
introdução
ISBN 978-65-86398-22-9

1. Ficção egípcia. I. Criado, Pedro Martins. II. Allen, Roger.
III. Título.

21-69142   CDD: 892.73   CDU: 82-3(620)
Leandra Felix da Cruz Candido – Bibliotecária CRB-7/6135

ilimitada

FONTE
Antwerp

PAPEL
Pólen Bold 90 g/m²

IMPRESSÃO
Ipsis